Physikstunde

AF220810

Klaus Ebner

Physikstunde

Erzählungen

Bibliografische Information der Deutschen Nationalbibliothek:
Die Deutsche Nationalbibliothek verzeichnet diese Publikation
in der Deutschen Nationalbibliografie; detaillierte bibliografische Daten sind im Internet über http://dnb.dnb.de abrufbar.

© 1985/2020 Klaus Ebner, www.klausebner.eu
Covergestaltung: Klaus Ebner unter Verwendung eines Bildes
von Hans Braxmeier auf Pixabay (www.pixabay.com)
Herstellung und Verlag: BoD–Books on Demand, Norderstedt
Printed in the European Union
ISBN: 978-3-751973076

Inhalt

Mister Knoll

Sie alle kennen diese Situation: In der Schnellbahn, im Zeitdruck oder vielleicht zu früh. Wie auch immer, es war vor ein paar Wochen, als ich mit der Schnellbahn fuhr, ich wüsste gar nicht mehr genau, wann.

Verschiedene Gesichter, griesgrämige, böse und saure (wieso denke ich dabei nur an Zitronentorte?). Ab und zu ein nettes Lächeln, das dann von einem Kind kam. Bedrückte Stimmung lag in der Luft, und die meisten Augenpaare versteckten sich hinter Zeitungen oder Büchern. Kein Wunder zu dieser Zeit! Oder doch? Immerhin war ich ziemlich müde, ebenso der beleibte Herr neben mir, eine jüngere Frau dort hinten, nicht zu vergessen den … aber lassen wir das. Sonst komme ich ja nie zu meiner Geschichte.

Also, ich fuhr mit der Schnellbahn. Von meinem Platz aus konnte ich den ganzen Waggon leicht überblicken, und glauben Sie mir, nichts tue ich lieber, als fremde Menschen zu beobachten.

Wie es in Schnellbahnzügen leider allgemein üblich ist, wurden die Verbindungstüren zwischen den Waggons wiederholt mit aller Wucht zugeknallt. Raucher oder Nichtraucher (da gab es das noch!), das ist hier die Frage. Fürwahr, eine schwierige Entscheidung!

Vielleicht haben Sie schon einmal bemerkt, dass jedem Zug beschieden ist, in mehr oder minder regelmäßigen Abständen ein stotterndes Geräusch von sich zu geben, welches sich auch durch eine gewisse Erschütterung bemerkbar macht. Denken Sie jetzt auch an Schluckauf? Bei uns unter dem Namen *Schnackerl* bekannt. Dies ist mit einiger Wahrscheinlichkeit auf jenes Türenzuschlagen zurückzuführen.

Wir waren also in der Schnellbahn stehen, ich meine: sitzen geblieben.

Einige Meter vor mir, dort, wo über dem Kopf des Fahrgastes mehrere, im Griff durch Metall verstärkte Lederschlingen baumeln, stand ein Mann.

Oh, ich weiß, das ist nichts Ungewöhnliches, aber es kommt ja noch …

Dieser Mann, im Grunde passt dieses Wort gar nicht so recht zu ihm, war ziemlich dick. Eigentlich überaus dick. Klar, dicke Leute haben die Gabe, sehr schnell auf sich aufmerksam zu machen. Ungewollt, versteht sich.

Obwohl ich das Aussehen des Mannes für unbeschreiblich halte, will ich versuchen, es zu beschreiben: Wie gesagt, er war auffällig dick. Und nicht nur dick, sondern auch klein. Ein richtiges Hutzelmännchen. Sozusagen.

Nein, da gibt es nichts zu spotten. Haare waren allerdings nur in spärlichem Ausmaß vorhanden, und zahlreiche Falten durchfurchten sein Gesicht. Alles in allem: ein biederer Mittelschulprofessor.

Wieso eigentlich Mittelschulprofessor?, werden Sie jetzt fragen. Hab ich es erraten?

Nun, eigentlich gibt es gar keinen objektiven Grund zu dieser Annahme. Er wirkte einfach wie ein mehr oder weniger gutmütiger Mittelschulprofessor, wie ich meine, und diejenigen unter Ihnen, denen die Schulzeit noch in frischer Erinnerung ist, werden mir keinerlei nähere Erläuterung abverlangen.

Im ersten Augenblick hatte ich diesen Mann lediglich unbewusst wahrgenommen. Mir war klar: Ja, dort steht jemand. Mehr nicht. Ganz sicher nicht. Doch gleich darauf geschah etwas, das meine geistige Trägheit – die sicherlich auf die frühe Stunde zurückzuführen war – urplötzlich ermunterte.

Der Mann kaute.

Lachen Sie nicht! Er kaute tatsächlich. Ich blickte noch einmal hin und konnte mich davon überzeugen, dass er seinen Unterkiefer wirklich bewegte, eben Kaubewegungen ausführte. Vielleicht aß er gerade mit Hochgenuss Käsetörtchen (!) oder auch Kaugummi. Igitt, dachte ich insgeheim, welch schlabbriges Zeug.

Das hängt damit zusammen, dass ich zum Kaugummigenuss denkbar ungeeignet bin, da ich, kaue ich ihn links, Zahnschmerzen bekomme, und er, kaue ich ihn rechts, an meiner Zahnkrone kleben bleibt. So weit so gut.

Der Mann, nennen wir ihn einmal *Mister Knoll*, kaute. Ah, Sie wundern sich, dass ich plötzlich einen Namen, noch dazu einen eher eigenartig anmutenden Namen verwende.

Persönlich kenne ich Mister Knoll ja nicht, deshalb nutze ich einen mir persönlich zurechtgelegten Namen, damit ich nicht dauernd *der Mann* sagen muss. Und da seine Nase sehr rund und kurz war, beschloss ich, ihn schlicht *Mister Knoll* zu taufen.

Außerdem … wer sagt denn, dass er nicht tatsächlich so heißt? *Wissen* Sie es …? Na eben.

Mister Knoll hielt sich an einer Haltestange fest. Ich denke, er war zu klein, um die Lederschlingen zu erreichen. Bis auf dass er kaute, war nichts Ungewöhnliches an ihm. Außer, dass er ziemlich dick war. Und klein. Er trug eine karierte Jacke oder ein Sakko, eine einfarbige Hose und schwarze Schuhe. Mir fiel dabei auf, dass er weder eine Tasche noch ein Nylonsackerl trug. Wo bewahrte er denn seine Ausweise, das Geld und was man sonst noch braucht auf? Einen ersten Hinweis auf die Lösung dieses Rätsels sollte ich erst später erhalten.

Meine erste Episode endete jedoch damit, dass Mister Knoll gleich in der nächsten Station die Schnellbahn verließ und verschwand. Nirgends konnte ich ihn im Getümmel ausmachen.

Im ersten Moment trauerte ich dem nach, aber dann vergaß ich es völlig.

Wie das Leben so spielt: Wenn man irgendwohin fährt, muss man auch wieder zurückfahren. So fand ich mich am Abend desselben Tages in einer Schnellbahn wieder, die in die entgegengesetzte Richtung fuhr: Griesgrämige Gesichter, böse Blicke … ja, ja, das kennen Sie schon.

Und plötzlich – Sie erinnern sich, dass ich vom Schluckauf sprach – knallte die Verbindungstür zum Waggon hinter meinem Rücken zu. Ich fuhr gehörig zusammen, war jedoch darauf bedacht, mir nichts anmerken zu lassen.

Sicherlich warten Sie schon darauf, auf das jetzt Kommende, das Sie sich in Gedanken bereits zurechtgelegt haben, und Ihr Scharfsinn soll nicht enttäuscht werden: Neben mir watschelte Mister Knoll zu den Türen, wo die Lederschlingen baumelten, die er wegen seiner geringen Körpergröße nicht erreichen konnte.

Nein, Sie brauchen Ihre Brille nicht holen, ich sagte tatsächlich: Er *watschelte*. So habe ich das genannt, ja. Mister Knoll gehörte, so begriff ich nun, zu jener Sorte von Menschen, die sich nicht gehend fortbewegen, sondern tanzen, wälzen, rollen, hüpfen und so weiter. Mister Knoll watschelte eben.

Voll der Neugier starrte ich ihn an, als würde er jeden Moment zu sprechen beginnen. Ich kann Menschen nämlich am besten erforschen, wenn sie sprechen. Die Sprache verrät den Charakter, und die Kunst, diesen zu erkennen, – und das sage ich nicht ohne Stolz – beherrsche ich.

Leider jedoch ließ sich Mister Knoll zu keinem einzigen Wort hinreißen. Er stand vorne und starrte stumm aus dem Fenster.

Ganz plötzlich, ich weiß nicht, wieso, hielt er einen Taschenrechner in der Hand. Er tippte etwas ein, wobei für jeden Tastendruck ein anderer Piepton erklang. Und jeder Piepton löste in Mister Knolls Gesicht eine neue Grimasse aus. Einmal sah er belustigt drein, dann wieder ernst, nachdenklich und erschrocken, ängstlich und sogar zärtlich. Nach mehreren Rechenoperationen (Sie denken jetzt auch an den Mittelschulprofessor, gell? Vielleicht Mathematik? Auch Physik oder Chemie wären denkbar.) ließ er den Rechner in der linken Innentasche seines Sakkos verschwinden, wo ich auch weitere essenzielle Dinge argwöhnte.

Am meisten faszinierten mich seine Augen, denn diese sprangen hin und her, sahen die Scheibe an, eine Halteschlinge, mich, andere Fahrgäste, ich weiß gar nicht genau, wen oder was. Unruhig, wie er oft wirkte, blieb er nicht auf ein und demselben Platz stehen. Das eine Mal stand er hier, dann wieder dort. Minuten später, meine Ausstiegshaltestelle näherte sich allmählich, tauchten zwei Kontrollore, volkstümlich *Schwarzkappler* genannt, auf und verlangten die Fahrscheine. Ich suchte den meinen in meiner Tasche, und als ich aufsah, war Mister Knoll weg. Fort, verschwunden, verschollen, futsch. Wie ein kurzes Geräusch (oder ein Furz; also eben ein kurzes Geräusch).

Nach der Kontrolle stand ich auf, um mich zur Tür zu stellen, da ich ja bald aussteigen würde. Dabei reckte und streckte ich mich, um Mister Knoll wiederzufinden, aber er war nicht und nicht zu sehen.

Sie wissen schon, dass ich ihn an diesem Tag nicht mehr fand, aber ahnen Sie auch, dass ich ihm tatsächlich niemals wieder begegnet bin? Und das, obwohl ich diese Schnellbahnlinie nach wie vor frequentiere. Mag sein, dass mein Erlebnis gar nicht so lang her ist, wie es mir vorkommt, doch in jedem Fall bleibt Mister Knoll ein kleines Geheimnis.

Und so kann ich nur mehr die griesgrämigen und bösen Regenwettergesichter in der Schnellbahn betrachten. Nur ab und zu hellt der fröhliche Blick eines Kindes meine Gedanken auf, aber das genügt schon, um mich über Mister Knolls verspielt komische Bewegungen schmunzeln zu lassen, die in meiner Erinnerung lebendig blieben.

Das Wiedersehen

Unübersehbare Menschenmengen wälzten sich aus den Gewölben der U-Bahn und ebenso hinein. Menschen, die zur Arbeit (oder zum/zur Geliebten) fuhren, Kinder, welche die Mütter mitschleppten.

Stoßzeit. Statistiken pflegen eindrucksvoll darzustellen, was dem natürlichen menschlichen Empfinden doch unverständlich bliebe.

Zur Arbeit musste er nun nicht mehr, denn nach langen Jahren des Fleißes erhielt er seine Rente ausbezahlt, wohlverdienterweise, wie er meinte. Nur an den Umstand, dass er des Morgens weiterschlafen durfte, wollte und konnte er sich nicht gewöhnen.

Daher befand sich Ulrich inmitten der vielen Arbeiter, um auf die U-Bahn zu warten. Die Gewohnheit zwang ihn dazu. Jeden Tag fuhr er denselben Weg, den er während seines Arbeitslebens zurückgelegt hatte. Dieselben Stationen, die gleichen Leute.

Vielleicht, glaubte er, ließen sich damit noch ein paar Jahre des Lebens zurückgewinnen; er hing unerschütterlich an dieser Vorstellung.

Er stieg ein, er stieg aus, wie damals, vor vierzig Jahren, vor zehn Jahren, vor zwei Monaten. Er stieg aus und bemerkte plötzlich, dass ihm die Station unbekannt war.

Ein Irrtum! Zeigte die Untätigkeit infolge seiner Pensionierung bereits Folgen? Folgen, die zu verhindern er nicht imstande war? Unachtsamkeit wäre im Berufsleben völlig undenkbar gewesen.

Augenblicklich wollte er umkehren und wieder in den Waggon steigen, als ihm ein Mann auffiel, dessen Augen sehr jung und etwas unruhig dreinblickten. Der Mann schien älter als Ulrich, erheblich älter, doch er glaubte ihn zu kennen, womöglich sehr gut zu kennen – nun, er war sich sogar sicher, völlig sicher, dass er diesen Mann von irgendwoher kannte.

Nicht, dass er auf ihn zuhielte, um ihn zu begrüßen, keineswegs; er blieb stehen und schaute ihn an: den unbekannten Bekannten.

Normalerweise, dachte er, wusste er sich seiner Erinnerung doch zu bedienen, aber heute schien alles taub und kalt. Ulrich spürte genau, dass dieser Mann ihm einmal vertraut gewesen war. Doch ihm fielen nur Begriffe mit W ein (Wo? Wann? Wer? Wie? Wodurch?).

Unbeirrt von den Nachdrängenden musterte er den alten Mann, der einen abgetragenen und stellenweise abgewetzten Mantel, alte und doch blank geputzte Schuhe, einen Nadelstreifanzug (nicht eben im modernsten Schnitt) und eine Krawatte trug. Er hatte weißes, schütteres Haar, dessen Ansatz bereits hoch über die Stirn geklettert war. Die beginnende Glatze wähnte er anscheinend dadurch zu verstecken, dass er die wenigen Haare lang wachsen ließ und über die freie Stelle frisierte.

Dem Mann standen viele Falten im Gesicht, sein rechter Mundwinkel zuckte bisweilen in einer eigenartigen Nervosität, und die vergilbten Zähne gaben Zahnlücken frei. Die (jungen) Augen sahen jedoch munter drein, und gleichzeitig vermittelten sie Furcht.

Ulrich bemerkte, dass dem Unbekannten, der ihm so bekannt vorkam, das linke Ohrläppchen fehlte. Die hässliche Narbe an seiner Stelle wirkte befremdlich, denn er kannte sie nicht, wohl aber den Mann selbst, wenngleich ihn nun ein Gefühl der Unsicherheit beschlich.

Hatte er ihn während des Arbeitslebens kennengelernt? Oder war diese Bekanntschaft rein privater Natur gewesen? Eine Freundschaft vielleicht! Wie weit musste ihre Vertrautheit zu-

rückliegen, wenn er nicht einmal so einfache
Fragen zu beantworten wusste.

Ein Name hätte Ulrich gewiss weitergeholfen,
denn er besaß die Gabe, Namen mit dazugehö-
rigen Ereignissen blitzschnell in Verbindung zu
bringen. Oh ja, er konnte auf ihn zugehen, um
nachzufragen, um seine Vermutung zu bestäti-
gen. Aber ein dumpfes Gefühl hielt ihn zurück,
er wagte nicht, auch nur eine Regung in diese
Richtung zu unternehmen.

Der Mann hatte ihn noch nicht bemerkt und
wandte sich der U-Bahn zu, als Ulrich plötzlich
laut »Isaac!« rief und benommen taumelte. An
den Nebenstehenden versuchte er sich festzuhalten, spürte jedoch nur die Leiber indifferenter
Arbeiter. Geöffnet war sein Mund und nach-
denklich.

Der alte Mann war abrupt stehen geblieben.
Langsam drehte er sich Ulrich zu. Für einen
Augenblick verrieten die Augen Freude, doch
dann wurde diese von menschlicher Distanz
ausgelöscht.

Die Lippen des Alten schienen ein Wort zu for-
men, das Ulrich für seinen eigenen Namen hielt.
Gleich darauf schien das Antlitz jedoch un-
durchdringlich, wächsern, versteinert. Isaac ging

weiter, stieg in den U-Bahn-Waggon, stellte sich zur Tür und blickte Ulrich stumpf an.

Natürlich hätte Ulrich noch zusteigen können, *doch das Klopfen an der Tür hielt ihn davon ab. Sein älterer Freund hatte den Finger über die Lippen gelegt.*

Ein hässliches Geräusch und die U-Bahn schloss die Türen. Durch die Glasscheibe starrte ein altes Gesicht. *Mit der rechten Hand wies ihm Isaac, sofort in den hinteren Raum zu gehen. Er nahm die Einkaufstasche, die Ulrich gebracht hatte, und versteckte sie im Kühlschrank.*

Schwarze Stiefel mochten nicht gern warten, und Ulrich wusste, dass die Eltern zu Recht Angst hatten. Sein Freund war nicht bei allen beliebt, und nur er hielt sich oft in seiner Wohnung auf. Die Neugier, das Interesse aneinander, das alles band sie zusammen, trotz des Altersunterschieds. Es klopfte.

Mit niedriger Geschwindigkeit fuhr die Garnitur los. Ulrich schaute auf das Gesicht, das ihn unentwegt musterte. Schweigend. *Eilig begab er sich ins Nebenzimmer und stellte sich zum Fenster. (Danzig war sonnig. Einige, inzwischen selten gewordene, Singvögel machten sich bemerkbar. Der Reichsadler war ein Raubvogel.)*

Nun fiel Ulrich wieder ein, was er über Isaacs Eltern wusste. In der Reichskristallnacht hatte man sie abgeholt. Isaac war indessen bei einem Freund gewesen, das hatte ihn gerettet. Seit diesem Tag weigerte sich Isaac, den gelben Stern zu tragen. Er hatte ihn verbrannt und war in das Haus gezogen, in dem auch Ulrich lebte. Und jetzt klopfte es an der Tür.

Als Isaac öffnete, wurden Stimmen hörbar, Schritte auf dem Parkett, und Isaac wurde gefragt, ob er der sei, für den er sich ausgab.

Zwei der Männer durchsuchten die Wohnung, fanden Ulrich und nahmen ihn ins Vorzimmer mit, wo sie ihn unwirsch nach seiner Identität fragten. Er händigte den Männern seinen Personalausweis aus (die Eltern hatten ihn angehalten, diesen immer bei sich zu tragen).

Einer der Ledermäntel legte Isaac Handschellen an und schlug ihm zweimal ins Gesicht. Jedes Mal, wenn Isaac eine Antwort gab, die den Männern offenbar nicht gefiel, klatschte eine Ohrfeige. Manchmal auch zwischendurch. Sie zwangen Isaac, dem Offizier in die Augen zu sehen und ihm zu sagen, woher er Ulrich kannte.

Isaac zögerte. Dann meinte er, er hätte ihn auf der Straße angesprochen, um Näheres über den

Russlandfeldzug zu erfahren. Ulrichs Vater befände sich nämlich zurzeit an der Ostfront, deshalb hätte er angenommen, sein Sohn wüsste etwas, aber er hätte sich wohl getäuscht.

Eine Frage an Ulrich. Er zögerte, zierte sich zu sprechen, vernahm jedoch im Geist die Worte seines Vaters. Ulrich nickte. Mit erstickter Stimme bestätigte er die Angaben. Sein Vater hätte Briefe geschrieben, deshalb …

Isaac versicherte, sein Judentum vor Ulrich verborgen zu haben. Die Tatsache, dass sich nirgendwo ein Stern fand, unterstrich dies.

Ulrich war erst dreizehn Jahre alt. Der Offizier gab ein Zeichen und ließ ihn hinausführen. Er solle verschwinden.

Ulrich verharrte still auf der gegenüberliegenden Straßenseite, bis Isaacs Wohnung von den Männern durchsucht und er selbst mit einem Auto fortgeschafft war. Dann ging Ulrich wieder ins Haus, das auch das seine war.

Furchtsam horchte er auf jedes Geräusch, auf jeden Schritt. Noch bevor er anklopfte, wurde die Tür geöffnet und die Mutter zog ihn am Arm in die Wohnung. Leise machte sie zu und bugsierte ihren Sohn ins Wohnzimmer.

Ulrich bemerkte, dass die Menschenmenge auf dem Bahnsteig immer stärker anschwoll. Die U-Bahn hatte die Haltestelle schon lange verlassen; nicht einmal aus der Tunnelröhre war noch etwas zu hören. Ruckartig wandte er sich der Rolltreppe zu, die nach oben führte, und verließ nachdenklich die Station, die er nicht kannte.

Der Kaiser

In winzigen gelbroten Flammen züngelte das Feuer aus dem Holz. Bei jedem Knistern zuckte der Dichter zusammen. Er wand sich, wimmerte, zerrte an den Fesseln, die seine Haut an manchen Stellen bereits zentimetertief einschnitten. Das Feuer vor ihm war die einzige Lichtquelle der Nacht.

Knapp darüber schien das Buch zu schweben. Immer wieder war es knapp davor, in den Flammen aufgehen, immer wieder wurde es im letzten Augenblick zurückgezogen. Der Dichter sah nur das Buch, denn es war *sein* Buch.

Am Tisch saß der Kaiser. Er grinste, senkte das Buch in die Flammen, hob es in die kühle Luft. Wenn der Dichter sehr heftig an den Fesseln riss, konnte man sogar die Zähne des Kaisers sehen. Die Verzweiflung eines andern erfreute ihn sichtlich.

Von dem Baum in seinem Rücken fühlte der Dichter nichts mehr. Zu oft hatte er seine harte Rinde gespürt, zu oft hatten sich verdorrte Aststümpfe in sein Rückgrat gerammt. Er starrte auf die Hände des Kaisers, auf sein Buch, auf das Feuer. Sie waren allein.

Als es dem Kaiser genügend aufgewärmt schien, legte er es auf den Tisch, nahm seine Krone ab und stellte sie auf das Buch, sodass sich dieses von Rubinen und Opalen erdrückt sah. Verächtlich blinzelte er dem Dichter zu. Dann ergriff er Messer und Gabel. Als bestünde das Buch nicht aus Papier, sondern aus Butter oder Pudding, glitt die Gabel in sein Inneres. Der Kaiser schnitt das erste Stück heraus. Es klang, als knabberte eine Ratte daran.

Mit einem Schmerzensschrei begann der Dichter zu heulen, während er eine Ecke seines Buches im Rachen des Kaisers verschwinden sah. Er hatte das widerliche Gefühl, ein Fuß wäre ihm abgehackt worden. Er verstummte. Nur das auffällige, aufdringliche Schmatzen des Kaisers war zu hören.

Die Flammen wurden inzwischen kleiner, zogen sich in Glut zurück, da niemand neues Holz dazulegte. Der Dichter bäumte sich auf und ließ sich in die Fessel fallen. Er wollte sich abwenden, konnte den Kopf jedoch kaum bewegen. Der Dichter schwieg.

Mit Blicken, übertriebenen Essgeräuschen und Gesten suchte der Kaiser ihn von der Schmackhaftigkeit des Druckwerks zu überzeugen. Er war ungefähr in der Mitte des Buches angelangt, schmatzte, kaute, schluckte. Der Kaiser rülpste und grinste breit.

Lediglich Frösteln und vielleicht beginnendes Fieber hinderten den Dichter daran, sich zu übergeben. Er schloss die Augen, um sie im nächsten Moment wieder aufzureißen. Sich zu verleugnen, war er nicht fähig.

Ohne die geringste Kraftaufwendung steckte der Kaiser die Gabel ins Buch, er trennte den Bissen vom Deckblatt, von den Seiten, vom Buchrücken. Er präsentierte ihn wie eine Trophäe, schnupperte daran, als hielte er ein Steak vor seine Nase, schob ihn in den Mund, kaute langsam, genüsslich, befühlte alle Seiten mit der Zunge, schmeckte ihn, schluckte ihn stückchenweise hinunter, leckte über seine Lippen und strich mit der Hand über seinen Bauch. Das Feuer drohte allmählich auszugehen.

Für kurze Zeit hielt der Kaiser inne, beäugte den Gefesselten, schien tonlos zu lachen. Mit den Fingern strich er über seine Krone, streichelte die Edelsteine, versuchte einen Lichtstrahl einzufangen, der sich in einem Opal brach. Das Knistern war nahezu verebbt.

Der Dichter bäumte sich auf. Hoffnung spiegelte sich in seinen Augen wider. Was für eine Freude machte es dem Kaiser, diese Hoffnung zu zerstören, indem er unerwartet gewaltsam ins Buch stach, es regelrecht aufspießte! Nur ein kleiner Teil davon blieb noch übrig.

Der Dichter wimmerte. Ganz leise, verzweifelt, ja geradezu zärtlich, aber letztendlich hoffnungslos, beinah unhörbar, gebrochen. Er hatte keine Kraft mehr, an den Fesseln zu rütteln.

Der Kaiser lehnte sich zurück, um ihn zu beobachten. Er war zufrieden, sehr zufrieden, vielleicht sogar glücklich. Begeistert setzte er sein Mahl fort. Als er gleich darauf das letzte Stück auf die Gabel nahm, empfand er Bedauern. Im selben Augenblick, in dem das Stück, der obere Rand des Buchrückens mit dem Kapitalband, in den Mund des Kaisers geriet, ging das Feuer aus, verlosch die Glut.

Der Dichter fiel in Ohnmacht. Und der Kaiser begann schallend zu lachen.

Physikstunde

Dreimal!

Dreimal.

Darüber kann ich nur lachen. Was ist denn schon dabei, dreimal auf den Papierkorb zu vergessen? Warum sie immer so übertreibt; wie soll denn der Abfall, wie sie sagt, den ganzen Boden bedecken?

Es bedeutet so wenig wie ein winziges Staubkorn im Gehäuse meiner Uhr.

Natürlich hast *du* keine Ahnung von all diesen Dingen, das sehe ich in deinen Augen, jedes Mal, wenn sie funkelnd über uns hinwegsehen und irgendwo in einer uns nicht zugänglichen Ferne schwelgen. Natürlich musst *du* keinen Papierkorb ausleeren.

Am liebsten zöge ich den Kopf ein, versänke in meinem Sitz und stellte mich stumpf und taub. Taub, oh ja, das ist das richtige Wort! Ich stelle mich taub, dann könnt ihr mich nicht mehr stören.

Wie?

Nun, vielleicht bin ich unaufmerksam, das mag schon sein, aber wen kümmert es? Du hast deine eigene Welt, also lass mir die meine! Ich käme nicht auf die Idee, dir deine Welt zu zerstören; kann ich also nicht Gleiches von dir verlangen? Versteh doch!

Aber außer Dioden und Widerständen scheint es für dich nichts zu geben. Sie leiten Strom durch ihren Körper, immerzu. Strom ist alles. Ja, nicht einmal ich und du könnten ohne elektrischen Strom leben, unsere großartigen Gehirne würden nicht mehr funktionieren, einfach so; ist das nicht komisch?

Ich mag nicht mehr.

Ob ich meiner Mutter die Hefte zeigte, wenn sie welche sehen wollte? Wohl kaum, und überhaupt, wichtig sind ihr doch ohnehin nur die Papierkörbe in der Wohnung. Mir scheint, es sind hunderte Papierkörbe, die ich andauernd ausleeren muss. Wie der Zauberlehrling. Habe ich etwa wie er etwas in Gang gesetzt, etwas, das ich nicht mehr zu stoppen vermag? Das ... Ende womöglich? Womöglich.

Beinahe ein rechter Winkel ... diese Seite muss ich herausreißen, unauffällig, denn mein unbedachtes Gekritzel brächte dich zur Raserei.

Wegen dir muss ich diese toten Formeln jetzt noch einmal abschreiben. Zuerst von der Tafel, dann aus meinem eigenen Heft. Wegen dir ... weißt du das überhaupt?

Wenn du in deinem weißen Kittel dort vorne stehst und ein Plädoyer für leblose Materie hältst, weißt du, was du mir dabei bedeutest?

Sag, weißt du, was das Leben ist?

Das wirkliche Leben?

Das Leben, das ist die Streiterei, die ausbricht, weil ich bereits zum dritten Mal vergessen habe, den Mülleimer auszuleeren, weil mir die rohen Manieren des Stiefvaters in spe nicht in den Kram passen.

Leben bedeutet Verzweiflung, die nicht mehr geschluckt werden kann. Man muss sie ausspucken und zusehen, wie sie gleich einer Säure versickert.

Was interessieren mich Schaltbilder, mit denen ich in meinem ganzen Leben nichts anfangen werde? Zugegeben, der eine oder andere mag vielleicht Fachmann werden auf diesem Gebiet; aber warum muss *ich* mir das anhören, wo es mich doch nicht interessiert?

Der Fleck auf deinem Mantel ist noch immer da. Er sitzt unter dem linken Arm, in Hüfthöhe, grünlich, als wäre er wässriger Span. Du siehst ihn nicht, doch ich sehe ihn. Jede Stunde, die ich hier sitze und denke, dass meine Mutter mich einen Bastard schimpfte, sehe ich diesen Fleck.

Du weißt nichts von deinem Fleck, und meine Mutter weiß nicht, dass sie sich selbst beleidigt hat. Es ist wie eine Falle, das Leben. Wenn du einmal drinsitzt, gibt es kein Entrinnen, keine Ausflucht.

Mein Kugelschreiber macht sich selbständig. Er vollführt eigene Bewegungen, die wie Pirouetten aussehen. Er fährt auf dem Papier hin und her, macht Luftsprünge, die keineswegs meine Freude ausdrücken, er fährt nach links und rechts, umgarnt eine Zahl, einen Buchstaben, den du irgendeine Konstante nennst; ein schmaler Bogen beschreibt die Wölbungen eines Wassertropfens. Eines Tropfens aus Wasser und Salz.

Vielleicht werde ich das Heft einrahmen lassen. Dafür hättest du wohl kein Verständnis, oder doch?

Nein, hierher gehört er, der Kugelschreiber, diese Zahlen soll er schreiben. Unfug zu treiben ist nicht angebracht, denn der kränkt dich.

Würdest du dich kränken? Tatsächlich?

Schade, dass du mir nicht antwortest. Aber ich denke, die Kreide würde dir beim unbändigen Lachen zwischen den Fingern zerfallen. Und sag, was begännst du mit Staub?

Am liebsten würde ich, anstatt nach Hause zu gehen, die entgegengesetzte Richtung einschlagen, beschleunigen und schließlich laufen, mit aller Kraft rennen, bis ich an einen Ort käme, der mir zusagte ... oder bis ich vor Hunger und Erschöpfung tot umfiele.

Ich weiß, solche Worte möchtest du im Unterricht schon gar nicht hören. Sie sind unschön, zu schwarz und passen nicht zu uns. Wie oft wiederholtest du diese Sätze.

Dennoch – gehören sie nicht in gewisser Weise auch zum Leben?

Was in meinem Kopf steckt, möchte ich nicht hier verschwenden, denn ich glaube, es ist für anderes bestimmt.

Wofür, meinst du? Das ... das kann ich noch nicht sagen, aber ich denke, eines Tages werde ich es ganz von allein erkennen können. Und hoffentlich irre ich nicht.

Manchmal kommt mir vor, ich befände mich auf einer winzigen Insel mitten im Pazifik, auf einer noch unentdeckten Insel, auf der niemand mich sieht. Niemand hört, was ich sage und rufe, niemand weiß, dass ich da bin. Vielleicht ist es töricht oder kindisch, aber was vermag ich schon gegen ein Gefühl auszurichten?

Die Zeilen verschwimmen von Zeit zu Zeit, um ganz fern von meinen Gedanken in ein dunkles Loch zu rinnen.

Ich selbst bin es, der einen schweren Deckel darüberzieht und dann fröhlich pfeifend in den Wald spaziert.

Seltsam, dass ich auf all diesen Wegen immer *dir* begegne; so, wie du in deinem weißen Arbeitsmantel vor mich hintrittst, den Finger hebst und lächelst. Dein Schnurrbart kräuselt sich dabei so lustig, obwohl ich nicht darüber lachen kann.

Das Lachen ist mir nämlich schon längst vergangen, denn ich weiß, dass dicht hinter deinem Rücken die Schaltkreise auf mich warten. Darin wirst du dich nie ändern.

Könnte ich ein *Immer* ertragen? Wenn er zu uns zöge, müsste sich vieles verändern. Verändern ... noch nie habe ich verstanden, wieso meine eigene Mutter so wenig Rücksicht auf mich nimmt. Oder bin ich zu blind, ihre Rücksicht zu begreifen? Ist es denn nicht rücksichtsvoll, mich vor jedem Übel dieser Welt bewahren zu wollen?

Gewiss, aber sie hätte auch mit mir sprechen können. Ein Wort darf nicht zu viel sein, denn für ein Kind ist es besser, ein überflüssiges Wort gehört zu haben als eines zu wenig. Und bin ich denn kein Kind? Nun, heute vielleicht nicht mehr. Also ist es zu spät ...?

Niemals kann es zu spät sein!

Man muss begreifen lernen, auf welche Weise auch immer. Wenn es mir doch gelänge, die andern verstehen zu lassen ...

Dein weißer Arm richtet sich auf mich. Oder gegen mich? Ach so, eine deiner Fragen. Rein sachlich, versteht sich.

Es tut mir leid, dass deine Kopfhaut sich ärgerlich verzieht, doch ich habe nicht das geringste Interesse an deiner Frage. Versuch mich doch *einmal* zu verstehen!

Ich sehe schon, dir liegt nichts an meinen Erklärungen. Wenn du es für richtig hältst, dieses Vorkommnis im Klassenbuch festzuhalten, dann bitte – ich werde dich nicht daran hindern. Jedoch solltest du überlegen, was du tust. So, wie ich immer überlegen muss, wenn ich etwas, wie die Mutter meint, angestellt habe: Überleg mal! Denk nach!

Tausendmal habt ihr mir diese Phrasen an den Kopf geworfen, wo sie wie ein Kupferrohr aufprallten. Möglicherweise entstand so das winzige Loch, durch das meine Gedanken entschlüpfen, wenn sie nicht mehr genug Platz haben. Sie lieben halt die Freiheit ...

Du kennst diese Gedanken nicht, das ist mir klar. Trotzdem bin ich einigermaßen davon überzeugt, dass unter deinem Mantel keineswegs nur ein blinder Lehrer steckt. Auch das ist ein Gefühl, ein wahrscheinlich unerklärliches Gefühl.

Ob meine Vermutung zutrifft, werde ich vielleicht niemals ergründen. Und möglicherweise ist das auch besser.

Ich will nicht, dass er bei uns einzieht! Niemand will das. Will es denn die Mutter?

Man sagt, Erwachsene wüssten immer, was sie tun. Das ist auch, was *du* uns lehrst, was du im Endeffekt mich zu lehren trachtest. Aber ich kann das nicht glauben, will es nicht glauben. Können nicht auch Erwachsene irren?

Wenn es geschieht, werde ich noch einsamer sein als jetzt. Aber du weißt wohl kaum, was ich meine.

Dreimal. Du solltest zuerst wissen, was das bedeutet. Bis gestern wusste ich es nicht einmal selbst, und sogar jetzt fühle ich mich wie in einem Alptraum, dessen Ausgänge zehnfach verriegelt sind.

Lacht nur, ihr könnt ruhig gehen, es stört mich nicht. Nicht mehr.

Das Heft wird nicht mehr benötigt und der Kugelschreiber braucht keine Tanzschritte mehr zu üben. Sie sind so überflüssig wie vieles andere auch.

Ich bin allein.

Das war mir nicht so klar. Aber jetzt spüre ich, wie eure Kälte an mein Herz pocht. Bedächtig wie stockendes Blut gerinnt mein Inneres.

Du bist der Einzige, der mich jetzt noch sehen kann. Im weißen Arbeitsmantel kommst du mir auf dem schmalen Waldweg entgegen. Wir kommen nicht aneinander vorbei, denn dazu ist der Pfad zu eng. Du hebst deinen Arm und lächelst. Und der Schnurrbart ...

Dein Finger ist es doch, der sich bewegt! Der Zeigefinger. Rhythmische Bewegungen. Deine Stimme – du rufst mich zu dir.

Ob nun ...?

Die Fabrik

Gegenüber dem Haus, das ich bewohne, erhebt sich ein eckiges, in seiner Bauweise völlig unauffälliges und regelmäßiges Gebäude aus der im Übrigen bescheidenen Landschaft. Sein Verputz ist seit vielen Jahren verdreckt, von rußigschwärzlicher Farbe; eigentlich, seit ich zu denken imstande bin und eine Erinnerung an seinen Anblick habe. Es ist ein unansehnliches Gebäude, und in der Art, in der die Bewohner meines Dorfes ihm gleichgültig gegenüberstehen, verachte ich den Blick, der Tag für Tag zu ihm hingezwungen wird. Es mag für meine Eigenartigkeit sprechen, dass ich nichts mit der Fabrik zu schaffen haben möchte, nichts von ihrer wirtschaftlichen Bedeutung weiß und mich allenfalls über ihren Schadstoffausstoß aufrege. Welche Produkte dort erzeugt werden, habe ich nie erfahren. Genaugenommen interessiert es mich auch nicht, und keiner der Arbeiter hat jemals etwas in diesem Zusammenhang erwähnt. Im Grunde habe ich Angst vor ihnen.

In der Früh, wenn ich aufwache und aus dem Fenster blicke, gehen sie in die Fabrik. Ruhig, besonnen, selten lächelnd. Am Abend strömen sie wieder heraus, einander ähnelnde Arbeiter, denen die Trunkenheit des rauen Witzes Leben ist. Ich sperre mich ein, will nicht gestört werden, starre voll Furcht auf die Türklinke, ob sie sich nicht doch noch senken könnte. Sie sprechen eine Sprache, die mir fremd ist. Worüber sie sprechen, verstehe ich nicht, und was sie erfreut, macht mich verlegen.

Es ist das Gebäude auf der anderen Seite der Straße, das Gebäude mit den brüchigen Kanten, den erblindeten Fenstern und zerrissenen Gittern, die alte Fabrik, die ich vor Augen habe, wenn ich endlich, kurz vor Mitternacht, einschlafe.

Bei der anderen

Sechshundert?

Oder ... um hundert mehr ...?

Gut, ja, gut. Das machen wir.

Und wo gehen wir hin? Es gibt sicher ... ich möchte sagen, wo man am besten, ich meine ... Aha. Ja, natürlich bin ich einverstanden, sicher. Also gehen wir!

Dort ist das?

Oh nein, ich meine nur. Ich habe es nicht erwartet, nein, sicher nicht.

Das ...

Natürlich, das erste Mal.

Ich?

Klar bin ich verheiratet.

Sie erfährt doch nichts. Nein, nein, das ist ganz sicher. Natürlich nur, wenn Sie mich nicht verpfeifen ... ha, ha!

Ob ich?

Also, wenn Sie es unbedingt wissen wollen. Eigentlich müssen Sie es ja wissen, das verstehe ich, denn das hängt ... also, ich meine, Sie müssen ja wissen, was ich will, ... andernfalls ist das schwierig, nicht wahr ...?

Ich traue mich nicht so recht, aber ich möchte es eben einmal anders tun.

Wie?

Ja, ich weiß nicht so recht ...

Hier wohnen Sie?

Ach so, nur der Arbeitsplatz.

Klingt irgendwie eigenartig in diesem Zusammenhang.

Ja, wie ein Büro. Das ist lustig. Verstehen Sie mich nicht falsch, natürlich ist das völlig berechtigt.

Aber natürlich, ich lege sie Ihnen hierher. Siebenhundert? In Ordnung. Stimmt so.

Also ...

Ich soll mich ausziehen?

Nun, meine Frau ...

Gut, ich werde nicht mehr von ihr reden.

Eigentlich möchte ich mehr ... Na ja, Sie verstehen mich schon. Nein, nicht ... Ja, schon, es ist mir direkt peinlich, davon zu sprechen. Gut möglich, dass ich nicht so bin wie andere, aber was soll ich tun ...

Was?

Brauche mich nicht zu genieren?

Natürlich haben Sie recht. Aber Sie müssen mich auch ein wenig verstehen. Immerhin komme ich zum ersten Mal zu einer Dame, wie Sie es sind ...

Warum lachen Sie?

Wegen der »Dame«?

Entschuldigung, es war nicht so gemeint.

Ich hätte viel lieber ... also ...

Ja, genau.

Also wenn das auffliegt, bin ich geliefert. Ich bin nämlich Geschäftsmann, müssen Sie wissen.

Wie?

Natürlich von Bedeutung. Klar habe ich Erfolg, das gehört einfach dazu.

In welcher Branche ich arbeite? Seien Sie mir nicht böse, äh ..., aber ich will nicht ...

Das kennen Sie? Na gut ...

Würden Sie vielleicht ... ich meine, mit dem Mund ...?

Duzen soll ich Sie?

Ich habe irgendwie Hemmungen davor.

Natürlich ist meine Frau nicht dafür zu haben. Aber, wie soll ich sagen: Die ist im Grunde für gar nichts zu haben ...

Sie nennt es pervers. Was soll ich da tun? Ich bin gewissermaßen machtlos. Das ist eben so, und daran kann man nichts ändern.

Das ist schön, wie Sie das machen, ich meine: wie *du* das machst.

Natürlich spüre ich viel dabei ...

Ah ...

Wie ich dann will?

Na ... vielleicht ...

Nein, so macht es meine Frau niemals.

Vielleicht ...

Du hast Erfahrung, oh ja.

Klar, du stehst ja öfters unten. Natürlich.

Wieso ich ...?

Also wenn ich ehrlich bin, ... ich habe Sie schon einige Male beobachtet. Nur den Mut hatte ich bis jetzt nicht. Sie dürfen mir nicht ... ja, entschuldige: du darfst mir nicht böse sein, aber als ich Sie, also dich, zum ersten Mal sah, dachte ich etwas ganz Unflätiges ...

Nein, das ist wirklich nicht fair.

Ja, die sind etwas eng, die Gummis, aber nachher landet er sowieso im Mist, nicht wahr? Ja, das ist es tatsächlich.

Einmal ...

Meine Frau wird das sowieso nicht erfahren.

Ist das schön!

Wenn sie das wüsste, wäre es mein Ende. Einfach nicht auszudenken. Die ganze Karriere im Eimer. Aber hier sind wir sicher. Das sind wir doch, oder?

Das ist gut mit der Wohnung.

Berufsrisiko?

Ja, das haben wir alle. Natürlich in verschiedener Form.

Ich mag deinen Nagellack.

Nein, meine Frau hat nichts dafür übrig. So kenne ich das gar nicht. Ich brauche das ja nicht immer, aber manchmal ...

Okay, ich sage nichts mehr, ich habe es ja versprochen.

Und die Wäsche erst ...!

Das finde ich großartig so, das Schwarz ...

44

Pass auf!

Ich ...

Jetzt ...

Ah!

Das war gut.

So.

Schon aus?

Schade.

Wohin? Ach so, dort ist der Mistkübel, den habe ich gar nicht gesehen.

Die Zeit? Sie meinen, die Zeit ist um? Entschuldigung: *du* meinst ...

Was, du gehst schon wieder hinunter?

Das nenne ich Fleiß. Wäre was für die Privatwirtschaft. Ach ja, in der bist du ja eigentlich.

Und die Strümpfe wirken. Echt, ein Traum! Wirklich schade, dass sie nur in deinem Beruf Verwendung finden. Netzstrümpfe ...

Gehen wir also!

Nein. Ich habe nichts vergessen.

Und das ist ausgemacht? Also, wenn wir uns auf der Straße sehen sollten, dann kennen wir uns nicht. Noch nie gesehen. Wie? Na ja, es ist halt mein erstes Mal, da weiß ich das eben nicht ... Natürlich. Gut.

Auf Wiedersehen also. Vielleicht ...

Na ja.

Und danke!

Graue Stadt

Er trat kaum einen Schritt zur Seite, als er die sanfte Berührung auf seiner Hüfte spürte. Ebenso wenig hielt er es für ungewöhnlich, dass ihm jemand zweimalig auf die Schulter klopfte. Er wollte ja nicht einmal hinsehen, als er mit der Hand eine gewissermaßen abwehrende Bewegung ausführte.

So stark hielten ihn seine Gedanken gefangen! Der Geburtstag seiner Verlobten war ihm nämlich wichtig, daran bestand kein Zweifel. Er stand vor einem dieser vielen Ramschläden, um ein passendes Geschenk auszusuchen, als er mehrmals gestört wurde.

Seine Hand wurde plötzlich von irgendjemandem erfasst und weggezogen. Freilich wollte er nicht zu Boden fallen und womöglich noch alle Ohrringe über das Trottoir verstreuen, also legte er rasch die beiden silbernen Gebilde, die er in der Hand hielt, zurück und riss das Gleichgewicht wieder an sich.

Er wunderte sich eigentlich gar nicht über den grauen Schlauch, der sein Handgelenk umschlag und sofort losließ, als er ihn ansah. Als dieses wohl eigenartige Instrument um die Ecke verschwand, wandte er sich wieder dem Mode-schmuck zu.

Bevor er jedoch den Ständer erreichte, zuckte er zusammen. Er schloss die Augen, öffnete sie wieder und fragte den Verkäufer unsicher: Ha-haben Sie das gesehen?

Dieser, offensichtlich einen vertümmelten Dieb-stahl befürchtend und von der prallen Sommer-sonne verhärmt, fragte unwillig, beinahe schroff: Was soll ich denn gesehen haben? Er glotze ihm frech ins Gesicht.

Na diesen ..., schrie er beinahe, da war doch gerade ein ... ein ...

Von der vorausgesetzten Unverschämtheit sei-ner Behauptung frappiert, verstummte er. Nun ja, wie konnte er auch sagen, dass ...; wenn nicht einmal der Verkäufer ...

Er schluckte. War es denn möglich? Klar, in einer Großstadt wie dieser ... Aber viel Phantasie benötigte man schon, das gab er zu. Nein – völ-lig unmöglich!

Unschlüssig stand er vor dem Verkäufer. Nach-denklich. Und wenn es vielleicht doch ...?, wagte er kaum zu flüstern.

Seine Schritte führten ihn ganz entschieden um die Hausecke, wo er die Straße wegen ihrer Steigung kilometerweit überblicken konnte. Es war nichts zu sehen. Natürlich nicht. Wie auch!

War es etwa eine Sinnestäuschung, als er viel weiter unten einen grauen Fleck wahrzunehmen glaubte? Der, wohlgemerkt, sogleich wieder verschwand.

Ohne lange zu grübeln eilte er zu jener bewussten Quergasse, blieb überaus enttäuscht stehen und wandte sich an den nebenstehenden Geigenspieler. Entschuldigen Sie, fragte er, haben Sie vielleicht einen, nun, einen ... *Elefanten* vorbeitrotten gesehen?

Der Musikant wandte seine hinter einer Sonnenbrille verborgenen Augen auf ihn und meinte mit ausgesucht indifferenter Stimme, nein, tut mir leid, Elefanten konnte ich keinen sehen. Es ist ohnehin schon alles so grau in dieser Stadt, mein Herr, aber Elefanten, nein, das tut mir wirklich sehr leid ...

Er ging fort, ohne den Mann weiter zu beachten.

Der Musikant nahm indessen seinen an die Hausmauer gelehnten Blindenstock in die Hand und entfernte sich.

Bald konnte er eine verlassene Kreuzung sehen, über der eine in allen Farben durcheinanderblinkende Ampel hing. Das Farbengemisch faszinierte ihn.

Seine Suche wollte er bereits aufgeben – sie kam ihm derart sinnlos vor! –, als der Lichtwechsel der Ampel plötzlich schneller wurde und zu rasen begann. Gebannt beäugte er das Spiel des roten, gelben und grünen Aufflackerns. Einen Augenblick später erlosch die Ampel, und er hörte hinter seinem Rücken Geräusche, die erklingen, wenn man mit überschäumendem Eifer und Genuss einen Plastikbehälter zertrümmert.

Er drehte sich um und erblickte *ihn*!

Der graue Rüssel, den er für einen Schlauch gehalten hatte, hielt mit der Zerstörung der manuellen Ampelbedienungsanlage inne, als er den Elefanten ansah. Offensichtlich schämte sich das Tier, als es den Rüssel zurückzog, sich umständlich umdrehte und davonstampfte. Bevor er etwas sagen konnte, konstatierte er eine ungewöhnliche Verblüffung seiner selbst. Er schüttelte den Kopf.

Jedenfalls war er jetzt davon überzeugt, dass *so etwas* tatsächlich in *seiner* Stadt herumlief, und zwar völlig frei und hemmungslos. Er trat in die nächste Telefonhütte, um die Polizei darüber in Kenntnis zu setzen.

Zehn Minuten später kam er wieder heraus. Sein Gesicht war vor Zorn gerötet, die Finger bildeten unaufhörlich eine Faust und lösten sie wieder, eine Faust und lösten sie wieder, eine Faust und ... er beeilte sich, dem offensichtlich entlaufenen Elefanten nachzulaufen.

Hundert Meter weiter befand er sich vor einer Straßengabelung.

Die wenigen Leute, die sich hier aufhielten, benahmen sich sehr ruhig. Nichts Außergewöhnliches schien ihnen aufgefallen zu sein.

Er wandte sein Wort an einen älteren, geradezu distinguiert aussehenden Herrn.

Entschuldigen Sie vielmals, ist Ihnen vielleicht *ein Elefant* aufgefallen?

Sein Gegenüber begann laut zu lachen und verschluckte sich fast dabei.

Er wandte sich an eine junge Frau.

Entschuldigen Sie tausendmal, ist hier vielleicht *ein Elefant* vorbeigetrippelt?

Sie tippte mit dem Finger an ihre Stirn und drehte sich demonstrativ weg. Er bemerkte noch, dass sie sachte den Kopf schüttelte.

Eine alte Frau, die mit ihrem verschreckt wirkenden Dackel an der Bushaltestelle stand, fragte er gar nicht mehr, denn sie überzeugte ihn mit einem überaus schlagenden Argument, nämlich mit erhobenem Schirm davon, dass sie ihn auch nicht erblickt hatte. Ihr Hund sah dabei irgendwie spöttisch aus.

Er nahm kurzerhand die rechte der beiden Straßen und begann zu laufen. Dieser Elefant musste schon Kilometer vor ihm sein! Außer, er hatte sich verlaufen. Aber das hielt er für unwahrscheinlich, denn das Tier konnte kein Ziel haben. Zumindest mutmaßte er so etwas ähnliches. *Wetten* wollte er nicht, denn er hatte sich heute schon einige Male geirrt. Und vielleicht wollte das graue Ungetüm tatsächlich irgendwohin. Nach Afrika vielleicht?

Kurz danach nahm er die Spur wieder auf. Diese bestand jedoch nur aus traurig verklingendem Trompeten, nichts weiter. Er kehrte um.

Seine Hoffnung, den Elefanten wiederzufinden oder jemanden von dessen Gegenwart zu überzeugen, warf er in einen städtischen Mülleimer.

Mit dem Gedanken, endlich nach Hause zu fahren, stellte er sich zu der Busstation, wo die Alte sofort ihren Regenschirm hob, um den womöglich geistesgestörten Hund vor Übergriffen von Wüstlingen zu schützen.

Auf dem Heimweg fragte er sich, wo der Elefant entlaufen sein könnte. Kein einziger Zirkus gastierte in der Stadt, und der Zoo schien ihm doch zu entlegen.

Schließlich dachte er daran, die Aufklärung dieses Falls am nächsten Tag der Zeitung zu entnehmen.

Als er jedoch einen Tag später die Gazetten eines großen Kiosks durchblätterte und dem ergrimmten Verkäufer zwei der Second Hand gewordenen Exemplare abkaufen musste, fand er nicht einmal die Schwanzspitze eines Elefanten. Grau war bestenfalls das Recycling-Papier, aber kein Elefant.

Kein einziges Blatt schrieb etwas über den Vorfall. So schüttelte er den Kopf und setzte den morgendlichen Spaziergang durch eine Marktstraße fort.

Bald gelangte er zu einem Trödelladen, der unter anderem auch Ohrringe führte. In der Hoffnung, nun endlich ein geeignetes Geschenk für seine Verlobte zu finden, schritt er auf einen der vielen Drehständer zu und beäugte die verschiedenen Angebote.

Als ihm irgendjemand oder irgendetwas auf die rechte Schulter klopfte, vergaß er vor Schreck zu lachen ...

Reise zum Styx

Οὔτις ἐμοί γ'ὄνομα
ΟΔΥΣΣΕΙΑΣ

Als dein linker Fuß von der untersten Stufe der Gangway behutsam auf den Beton steigt, fühlst du den jahrtausendealten Boden unter dir.

Ἑλλας, Ἑλλάδα! Griechenland! Die mythologische Welt deines Geistes und deiner Vorstellungen!

Du machst ein paar Schritte, langsam, das Gewonnene schonend, achtgebend, dass nichts unter deinen Füßen zertreten wird. Der Tempel der Weisheit sagt dir, dass jedes Atom nun daheim ist. Du bist in Αθήναι, Athen.

Mit Befriedigung nimmst du die heiße Sonne wahr, die sich über dich legt. Ein erster, Freude bereitender Überfall. Gleichzeitig verspürst du die milde Seeluft und erkennst die Insel Σαλαμίς, die an die gewonnene Schlacht gemahnt.

Schmal sind die siebenundsiebzigmal gebrochenen Stufen, die zum Firmament hinansteigen. Auf dem Gipfel angekommen meinst du, Nike stünde dir zur Seite, während du ehrfurchtsvoll den Ruhm des Epheus betrachtest. Säulen, Felstrümmer und korinthische Ornamente verwirren dich mit ionischen Ideen. Was einstmals Unterricht war, ist nun Wirklichkeit; die Wirklichkeit, in die du dich verliebt hast.

Wach wie Heras Hüften tanzen paradoxe Lichtflimmer vor deinen Augen und zeigen zur rechten Seite auf die Ägäis, die sich hinter einem schmalen Landstrich versteckt. Dort hinten, in weitester Ferne, vermutest du Ρόδος, den Geburtsort vieler Wünsche. Für einen kurzen Augenblick schließt du die Augen.

Ist nicht der Traum deine Wirklichkeit? Woher nimmst du die Überzeugung, alles Wache sei wirklich? Dunkelheit muss nicht Finsternis sein, das weißt du, und Geborgenheit bringt dich einer Erfüllung näher. Gewiss musst du vieles erst entdecken, doch in welcher Ebene dein Bewusstsein auflebt, kannst du kaum beantworten, denn es ist noch zu früh. Viel zu früh.

Du öffnest die Augen, und plötzlich packt dich reißende Sehnsucht; du zögerst keine Minute, deine Schritte auf die Kykladen zu setzen. Νάξος, die Perle im Zentrum der See is es, die dich begrüßt. Denkst du nicht ein wenig ans Theater? Genießerisch ziehst du die Luft durch die Nase, musst jedoch erkennen, dass sich einiges veränderte; vieles ist neu und ungewollt.

Inmitten dieser Landkuppeln lag Ἀτλάντις, dessen Geheimnis der fragwürdige Homer in seinen Epen zu einer Wildnis verflocht, die aufzulösen noch niemandem gänzlich gelang. Eine mächtige Kriegsflotte segelt an dir vorbei, eine friedliche Mission scheint ihr Zweck. Du weißt, dass Dekadenz die Schiffe treibt und noch in den Untergang schicken wird; auch, dass sie gegen phönikisches und kretisches Machtaufstreben ausgesandt wurden. Oder sind es die heimkehrenden Schiffe von Troja? Erkennst du nicht Menelaos, den Sohn des Heerführers? Zahlreiche Namen liegen dir auf der Zunge, Namen, deren Schriftzug du in Gedanken aufmalst. Du lächelst und schaust zur Seite.

Als eine riesige Meereswoge über dich rollt, bist du überrascht. Dein Sinn steht nach Lesbos … genauer: nach Μυτιλήνη!

Dann wirst du traurig, da du die Zerstörung siehst. Dies alles soll das Wirken eines Sokrates, Aristoteles und Platon erst möglich gemacht haben? Du erkennst im wässrigen Schlamm noch das Labyrinth, von dessen Ausgang Ariadnes goldener Faden leuchtet und den Weg weist. Vielleicht zum Ziel …

Weiter oben bemerkst du eine Höhle. Ist es der Zyklop Πολύφημος? Oder bloß der Minotauros? Du weißt es nicht und rufst nach Poseidons Sohn. Niemand antwortet.

Es ist gut möglich, denkst du, dass sich die Museen der ganzen Welt ihrer Amphoren rühmen, die sie von hier stahlen. Die wahre Bedeutung des Hierseins bleibt jedoch nur Wenigen zu entdecken. Möglicherweise bist du einer von ihnen.

Ein Fischermädchen kommt dir lächelnd entgegen. Sie ist hübsch, und du willst dich ihr nähern, ihre Hand nehmen, am liebsten ihren Mund küssen. Bald geht sie an dir vorbei und bindet deinen Blick an sich. Ist das nicht zu früh? Sie ist es, die dich auf einen grünen Hain führt, wo du beinahe über ein Gatter stolperst, hinter dem Schweine warten. Verzauberin, willst du sagen und siehst die Männer, die eben eine dritte Feuerstelle errichten. Ω ξεινοι, τίνες εστέ, Fremde, was tut ihr hier?, fragst du und kommst zum Spieß. Καλώς ωρίσατε! Seid willkommen!

Du setzt dich mitten unter sie und nimmst das dargebotene Stück Fleisch entgegen. Sie geben dir einen weißen Würfel und sagen καλί όρεξη. Als du den Würfel in den Mund steckst, schmeckst du Honig und freust dich. Ein kleines

Stück davon fällt auf den Tisch, wo es von wenigen Tropfen Retsina benässt wird. Du trinkst.

Σας αρέσι αυτό το κρασί; Schmeckt Ihnen der Wein? Du nickst. Περίφυμα! Ausgezeichnet! Als man dir eine Schale Wasser hinschiebt, wäschst du dir die Hände.

Es gut dir leid, dass du jetzt ein wenig des darübergestäubten Mehls verlierst. An einer Stelle ist die Lammkeule noch blutig.

Zeugt der dichte Rauch vom Hades? Nein, es sind nur die Lagerfeuer der griechischen Fischer, die immer zahlreicher werden; und warte, bis der Zephir ihn zerstreut! Vielleicht erzählst du nun vom Weg, der dich die Küste entlangführen wird. Den Peloponnes gilt es zu erforschen, die spartanischen Züge nachzuvollziehen. Die Klänge des leisen Sirtaki treiben weit hinauf, bis zum Amphitheater, das hier zurückgelassen wurde. Du bist glücklich, dass diese Spuren noch nicht verwischt wurden, denn eine solche Zerstörung und den damit in Verbindung stehenden Verlust könntest du kaum ertragen.

Du legst dich ins Zelt und schmiegst dich in eine warme Decke. Draußen halten sich Sternschnuppen für ferne Murmeln. Galaxien künden von der Vergangenheit, denn ihr Licht hat Äonen von Jahren gesehen. Ein blasser Mond schwimmt durch die Dunkelheit über den Zenit und weckt am gegenüberliegenden Horizont das Morgenrot der Pinien und Olivenbäume. Rund um den Polarstern ziehen unsichtbare Kreise von Materie. Irgendwo schreit ein Esel.

Als du aufstehst, sind die Fischer auf Fang aus. Du gehst zum Fluss hinunter und siehst einen hölzernen Kahn in dessen Mitte. Ist es Charon? Der Fährmann über den Styx? Hast du dein Ziel erreicht? Nein, es kann bloß der Fluss Acheron sein. Oder vielleicht der Aliakmon? Αλιάκμων oder Στυξ, wo ist der Unterschied?

Deine Schritte führen dich im Kreis. Als du Penelope begegnest, versprichst du, ihren Mann zu ihr zu führen. Weit von ihr entfernt erinnerst du dich dann an einen Vers: Ευδεις, Πηνελόπεια, φίλον τετημένη ήτος? Schläfst du, Penelope, vergrämt im lieben Herzen? Das Versprechen wird dir zur freudigen Pflicht.

Ehrfurchtsvoll verweilst du vor den Felsen des Thermopylenpasses. Heute bedeuten sie kein Tor mehr. Du erkennst einen schneebedeckten Gipfel und hoffst die Tafelrunde zu erkennen.

Vor dem Eingang eines Tempels steht Aphrodite in rotes Licht gehüllt. Du willst ihr in ein geheimes Gemach folgen, als dich eine Hand zurückhält. Natürlich muss der Eintritt bezahlt werden ...

Mit eiligen Schritten gehst du weiter, nimmst die Orange, die man dir anbietet, sagst ευχαριστω und suchst den Osten des Landes; willst du nicht zur letzten Inselgruppe?

Zuvor stößt du auf eine Insel, auf der Rinder weiden. Lächelnd hältst du inne und siehst mit geschlossenen Augen in die Sonne. Erst jetzt betrittst du die Fähre und lässt dich nach Ιθακι bringen.

Als ein junger Mann Odysseus gerufen wird, drehst du dich um, gehst auf ihn zu und sagst, Πηνελόπεια σέ περιμένει, Penelope wartet auf dich. Er mustert dich eingehend und schüttelt langsam den Kopf. Dann wendet er sich um und läuft zu einem Hauseingang in der Nähe. Eine junge Frau tritt soeben heraus, und du glaubst auf den ersten Blick die Göttin der Liebe zu erkennen. Als die beiden einander umarmen, gehst du zufrieden weiter. Dem Norden zu. Nun kommst du auf makedonisches Gebiet. Hoffentlich begegnest du nicht Alexanders Heerscharen! Aber nein, fällt dir ein, er weilt noch in Asien, und der Speer über den Bäumen verwandelt sich in einen Abfangjäger der griechischen

NATO-Streitkräfte. Schweren Herzens kommst du nach Thessaloniki.

Der Anfang war die Akropolis, das Ende ...? Mykene konntest du nicht sehen, das Orakel oder Korfu – das heißt: Κέρκυρα.

Als dein linker Fuß vom Beton vorsichtig auf die unterste Stufe der Gangway steigt, weißt du, dass du griechischen Boden verlassen hast. Vielleicht für immer. Χαίρετε, auf Wiedersehen, flüsterst du und wendest dich der Flugbegleiterin zu.

Trattoria del sole

Hatte er noch immer nicht ausgetrunken? Doch es war auch gar nicht möglich; erst jetzt fiel mir der leere Tisch auf. Kein einziges Glas, keine Tasse Kaffee oder ähnliches stand dort.

Alle Schirme des Cafés waren aufgespannt, alle bis auf den seinen. Ach ja, der war als einziger gelb.

Sabatini wurde er gerufen; den Vornamen konnte ich nicht in Erfahrung bringen. *Non sappiamo, purtroppo non lo sappiamo*, bedauerte der Kellner lediglich.

Die Sonne stand noch immer über der Kathedrale, von wo aus sie den ganzen Platz überstrahlte, die wenigen Pinien erhellte und den vielen Staub vergessen ließ.

Vormittag. Die Acht auf meinem Tisch schien mir wie eine Glückszahl, obwohl die Unkenntnis über Sabatini nicht ganz in dieses Bild passt. *Herr* Sabatini! Eigentlich heißt es ja *signore*, aber in Gedanken nannte ich ihn *Herr Sabatini*.

Möglicherweise – denn ich würde es nicht beschwören – wollte ich ein Gespräch beginnen.

Ich bildete es mir ein, so wie man sich auch vorstellt, eine attraktive, aber unbekannte Frau anzusprechen. Niemals formulierte Worte kamen mir in den Sinn.

Es roch nach *Lasagne, Parmigiano* und *Chianti.* Ob auch er diesen Geruch wahrnahm? Vermutlich war er ihn gewohnt und hatte es nicht nötig, ihn zu bemerken. Ich hingegen als Tourist aus dem kühleren *Austria* ... (und das seit fast fünfzehn Jahren!).

Das Hemd hatte er offengelassen, als ich ihn sah, und eine weiße Krawatte lag locker um den Hals. Die Hände hatte er in den Hosentaschen vergraben; und seit einer halben Stunde saß er regungslos in der Sonne. So, als hätte er sehr viel Zeit, ja Stunden zum Verschenken.

È quasi sempre qua, sagte der Kellner.

Fast immer saß er dort? Obwohl er mir noch nie aufgefallen war? Und ... weswegen trank er nichts? Er hatte nichts bestellt. Man versicherte mir sogar, er hätte noch niemals etwas bestellt. Warum setzte er sich dann in eine Trattoria, noch dazu in *meine* Trattoria, wenn er doch nichts bestellte? Der Sonne wegen? Die konnte er auch anderswo genießen, an viel ruhigeren und beschaulicheren Orten als hier.

War er denn geizig? Oh nein, eher das Gegenteil träfe zu, gab man mir zu verstehen. Tiefer wagte ich nicht zu schürfen, denn alles, was mit diesem Mann zusammenhing, klang wie eine Art Nationalgeheimnis. Herr Sabatini wurde mir immer unheimlicher und unnahbarer, je mehr ich über ihn erfahren wollte.

Ob er Künstler sei, fragte ich, Industrieller etwa, Kaufmann, Politiker oder vielleicht gar Rennfahrer. Der Kellner wusste es nicht und meinte, ich würde nirgendwo eine Antwort finden. Niemand konnte etwas über Sabatinis Beruf sagen, und ich selbst scheute mich, ihn deswegen anzusprechen.

Er saß an seinem Tisch, in den Stuhl zurückgelehnt, und ließ sich die Sonne ins Gesicht scheinen. Vielleicht roch er den Duft der italienischen Küche, ich weiß es nicht. Keiner seiner Gesichtszüge verriet, ob er nicht etwa eingeschlafen war. Das Hemd stand offen, die Hände ruhten in den Hosentaschen. Irgendwie sah er verträumt aus. Gewiss ein Trugschluss.

Die Sonne war indessen über die Kathedrale hinweggestiegen und füllte die Via Garibaldi, die vom Hauptplatz aus nach Süden zeigte, mit ihrer Helligkeit aus. Es war Vormittag.

Ohrwurm

Jeden Abend, als die Decke bis zum Kinn hochgezogen war, sagte unsere Mutter, wir müssten uns Wattebäusche in die Ohren stopfen, wegen der zahlreichen *Ohrenschliefer*. Kleine bräunliche Ungeziefer mit fast durchsichtigen Körpern, garstigen Hinterzangen, die gar keine Zangen gewesen sein konnten, mit schwarzen Fühlern und Beinchen, die sie überaus rasch über den Teppich bewegten, sodass man meistens zu spät kam, wollte man sie mit dem Absatz zerquetschen. Zu unserem Leidwesen krochen sie überallhin, draußen, im Wohnraum, in der Küche oder im Kinderzimmer. Wenn sie mit den Chemikalien, die unser Vater in die Ritzen gestreut hatte, in Berührung gekommen waren, sahen sie ganz weiß aus; »wie Albinos«, lachten wir, meine Schwester und ich. Jeden Abend musste ich im Zimmer Ausschau halten und die Gefundenen sofort töten. Mich ekelte, aber noch mehr ekelte mich vor dem Gedanken, mich gemeinsam mit den Ohrwürmern ins Bett zu legen – ein grässlicher, meinem kindlichen Bewusstsein völlig unerträglicher Gedanke. Dankbar nahm ich die Wattekügelchen, die in der Regel nicht einmal bis Mitternacht hielten, aus der Hand meiner Mutter und verstopfte damit meine Ohren.

Lancelots Rückkehr

Sie hockten auf dem Boden.

Ganz weit hinten berührte der helle Horizont den Himmel, der in einem gewissen graublauen Farbton strahlte und fast stumpf aussah.

Sie stand auf und besah die Umgebung. Unendliche Weiße, der Boden glatt, wie Stein oder Plastik. Es war ein kühler, aber nicht kalter Boden. Sonst gab es nichts. Beide waren nackt.

Es war weder warm noch kalt, keiner fröstelte. Dennoch schien die Luft nicht wirklich angenehm. Tag und Nacht konnte man kaum unterscheiden, da es weder Sonne, noch Mond, noch Sterne gab. Der Himmel war ganz einheitlich gefärbt, ohne Kratzer, ohne Flecken.

Sie lief einige Schritte fort, drehte sich um, kam zurück, wandte sich zögernd an ihn.

Schau, sagte sie und zeigte auf den Krokus in ihrer Hand. Er beäugte die Pflanze neugierig, lächelte, stand auf. Er zog einen Seidenrock hervor und legte ihn um ihre Hüften. Jetzt ließ sie den Krokus auf den Boden fallen und freute sich, drehte sich wie ein übermütiges Kind, lief

vor ihm zu einem Pfefferminzbaum und be-
wunderte die hohe Krone. Dann befühlte sie die
Grashalme, streichelte sie, als wären sie weiches
Haar, steckte den Finger in die Erde, sah den
Humus an. Er zeigte auf zwei Vögel, die damit
beschäftigt waren, ein Nest zu bauen. Als eine
Biene vorbeiflog, schreckte er einen Schritt zu-
rück.

Ich möchte ein Haus, sagte sie.

Er öffnete die Holztür und ließ sie eintreten. Um
den Tisch ging sie herum, machte den einzigen
Kasten im Zimmer auf und schlüpfte in eine
Bluse. Hemd und Hose gab sie ihm. Mit beiden
Händen fuhr sie in eine Lade mit Unterwäsche,
und die Schuhe standen neben einem ziemlich
harten Bett.

Michael bringt dir eine Nelke, rief er und führte
den Jungen herein. Er ist noch so jung, meinte
sie und schickte ihn zum Fünfzehnjährigen, der
die Axt hereinhängte. Gleich darauf überlegte sie
es sich anders, lief zur Tür und holte die fünf
Mädchen herein, die mit einem Reifen spielten.

Na?, fragte sie.

Er schüttelte den Kopf, schob die Kinder zum
Tisch und schüttelte wiederum den Kopf. Zu-

sammen hatten sie nicht genug Platz, der Tisch war viel zu klein. Und als sie zwei Schritte nach rechts machte, stieß sie gegen die Wand.

Es ist so eng, beklagte sie sich, und so kalt.

Nun gingen sie hinaus. Er fing einige der Schneeflocken auf. Da sie traurig aussah, wischte er die Flocken beiseite und stellte sie so, dass die Sommersonne ihr Gesicht bestrahlte. Vögel zwitscherten.

Komm, forderte er sie auf und legte einen Pelzmantel um ihre Schultern. Er nahm sie am Ärmel und folgte mit ihr einem Pfad, einem Kieselweg, einer Pflasterstraße. Links und rechts standen Pinien und Palmen, später Kastanienbäume und Eichen. Als sie zu einer zweistöckigen Villa kamen, lehnte er mit einer Geste ab und zog sie weiter.

Sie gelangten in einen Wald, grüßten Bauern, Handwerker, den Bürgermeister, einen Gendarmen.

Plötzlich hielt er an, näherte sich dem Schuppen, verschwand darin, kam mit einem Fahrrad wieder heraus. Auf dem Sattel saß er selbst, sie musste sich mit dem Gepäcksträger zufriedengeben. Nach einigen Metern tauschten sie das

Rad gegen ein Tandem aus. Die Straße war breiter geworden, und kaum störten noch Steine die Fahrt.

Kennst du meinen Onkel Fred?, fragte sie während einer Pause. Er schüttelte den Kopf und sah in die Richtung, in die sie sich wandte. Ein schwarzes Auto näherte sich von dort und hielt vor ihnen an. Missbilligend fuhr er mit der Hand über die Karosserie. Das Auto war rot.

Sie stiegen ein. Es dauerte nicht lange, bis sich der Chauffeur auf den Fahrersitz setzte, den Motor anließ und losfuhr. Sie kamen an Feldern vorbei, an Bauernhöfen, an Wäldern. In der Ferne konnten sie Türme und Giebel erkennen. Vor dem Wagen öffnete sich ein kunstvoll verziertes Platintor, und sie fuhren einen geteerten Weg entlang. Er war von Wiesen gesäumt, wo Zuchtpferde herumtollten, stillstanden, neugierig herüberblicken.

Der Hof des Schlosses war kreisrund. Der Chauffeur fuhr den rechten Halbkreis aus und blieb genau vor der Stiege stehen, über die Pagen, Dienstboten und Mägde eilten, um ein Spalier zu bilden.

Er ging vor ihr, als sie die unübersehbare Empfangshalle betraten. Weiter hinten führten zwei

Treppen hinauf, die Fensterscheiben waren aus Mosaiken zusammengesetzt, der Fußboden ein glänzendes Parkett. In irgendeiner Ecke befand sich der Eingang zur Bibliothek.

Ungefähr zehn Räume mussten sie durchqueren, um den Speisesaal zu erreichen.

Darf ich dir meinen Onkel Franz vorstellen?, fragte er und führte einen bärtigen Mann herein. Er ist Großindustrieller, Ölmagnat. Die Ölfelder des Ozeans hat er alle gekauft.

Und das ist Tante Johanna, konterte sie. Du weißt schon, die Journalistin, die Multimillionärin wurde.

Oh, ich bin entzückt …

Ganz meinerseits ...

Alle waren sie gekommen. Rudolf, der Präsident, der verschwägerte General, dann noch die Freunde von den Fabriken, aus der Politik, mehrere Großgrundbesitzer und Kollegen sowie die Verwandten, die sich außerhalb des Stadtrandes niedergelassen hatten. Sie schien glücklich, als sie an einem Ende des Tisches saß. Er saß an der gegenüberliegenden Kante. Die Gäste zwischen ihnen.

Nach zwölf Gängen und gepflegter Konversation streiften sie durch Videozimmer, durch das Kino und das Hallenbad. Das Haus war ein Wolkenkratzer.

Schon vom dreiunddreißigsten Stockwerk aus konnten sie die ganze Stadt von oben betrachten. Die Korridore waren sehr lang, doch sie fuhren ohnehin mit den kleinen, bequemen Wägelchen, die überall bereitstanden. Es war das höchste Haus in der Stadt.

Am Abend wurden sie von Peter, einem Diener, in zwei verschiedene Schlafzimmer geführt, in denen Fernsehapparate standen und Telefon. Er lächelte, denn er hatte sogar ein Funkgerät neben die Zimmerbar stellen lassen.

Der Diener ließ sie allein. Jeder stand in seinem Zimmer vor dem Bett, in dem mindestens fünf Schläfer Platz fänden.

Als sie den Schmuck abstreifte, vom Gewicht befreit auch die Ringe auf den Toilettetisch legte, wurden ihre Augen feucht.

Nein, sagte sie und drehte sich zu ihm. Die Luft war vielleicht wärmer geworden. Sie trat auf ihn zu, hob den Arm, berührte seine Schulter, die kaum behaarte Brust.

Er lächelte, und es hatte den Anschein, seine Augen lächelten ebenso. In seinen Pupillen konnte sie sich spiegeln. Als seine Hände ihre nackte Taille erfassten und an seinen Körper zogen, ließ sie es geschehen.

Der Boden war weiß und glatt. Rundherum bildete der Horizont eine einzige gerade Linie, berührte den graublauen Himmel ohne Farbunterschied. Sie waren allein. Nackt. In der Umarmung hatten sie sich auf den Boden gesetzt.

Mein Vertrauen gebe ich dir, so wie du mir deines gibst, sagte sie. Er schloss die Augen und nickte.

Als es dunkler wurde, saßen sie noch immer auf dem Boden. Und außer ihnen war nichts.

Nachwort zur Neuausgabe

Die unter dem Titel *Physikstunde* versammelten Erzählungen stammen aus den Jahren 1983-84. Im Jahr 1985 veröffentlichte ich sie zum ersten Mal und zwar im Selbstverlag in einer winzigen Auflage (ISBN 3-900536-02-3). Selbstverlag hieß damals Schreibmaschine, Kopierdruck und manuelles Zusammenleimen und Schneiden. Über die technischen Möglichkeiten, die heute jedem zur Verfügung stehen, hätte ich mich zu jener Zeit, als angehender Autor, riesig gefreut.

Die vorliegenden Erzählungen gehören also zu meinem Frühwerk, und ich habe sie sorgfältig korrigiert, an die gültige Rechtschreibung angepasst und zudem behutsam überarbeitet sowie den kurzen Text *Ohrwurm* hinzugefügt, um den Band als *Book on Demand* meiner Leserschaft noch einmal zugänglich zu machen.

Klaus Ebner
Februar 2020

Zum Autor

Klaus Ebner wurde 1964 in Wien geboren und lebt heute mit seiner Familie in Schwechat. Er schreibt kurze Prosa, Erzählungen, Romane und Essays, außerdem Lyrik auf Katalanisch und Deutsch.

Wiener Werkstattpreis 2007, Zweiter Preis beim »Kurzprosa-Wettbewerb« des Österreichischen Schriftsteller/innen/verbandes 2010, Premi de Poesia Parc Taulí 2014. Buchveröffentlichungen in mehreren Literaturverlagen, wie etwa Arovell, Mitter, Wieser und Pagès.

Privatfoto, ca. 1983